LAIDES FIGURES

ET

JOLIS VISAGES

RÉVÉLATIONS PARISIENNES

PAR

le Cte **FOSCO**

Prix : 2 Francs

CHEZ TOUS LES LIBRAIRES

RÉVÉLATIONS PARISIENNES

RÉVÉLATIONS PARISIENNES

LAIDES FIGURES

ET

JOLIS VISAGES

EN VENTE CHEZ TOUS LES LIBRAIRES

PRÉFACE

Revenu d'une campagne désastreuse, j'ai vécu depuis quelques mois dans mes souvenirs, mes amitiés et mes haines. Le passé seul m'est doux; le présent est noir, et l'avenir n'existe plus pour moi.

Puissent ces lignes d'un homme qui ne rira plus, amuser encore quelques lecteurs, faire sourire quelque charmante lectrice.

Cte FOSCO.

TROCHU (Tartuffe Ier) 1871

―――

Un général qui se bat avec sa plume et écrit avec
son épée; qui fait toujours et partout des discours,
et qui, après avoir longuement médité, annonce prophé-
tiquement, *quelques jours avant son avènement au pou-*
voir, que Paris « sera peut-être bientôt livré aux gre-
dins! » chose bizarre, c'est la seule fois que Trochu ait
dit la vérité. Heureusement il n'est pas marié, la rime
eût été facile et fâcheuse. Son nom est indissolublement
lié à l'entrée des Prussiens dans Paris, son fameux plan,
qui avorte toujours, restera célèbre. Dans cent ans, un
Offenbach quelconque en fera un sujet d'opérette
bouffe.

Le général Trochu, après avoir fait pleurer ses contemporains, aura le bonheur de faire rire la postérité ; c'est plus qu'il ne mérite.

Affecte la dévotion désagréable, et a ce double avantage de faire attaquer ses idées par les irréligieux, et sa personne par les âmes crédules qui murmurent en le voyant : « Seigneur, que de vertus vous me faites haïr. »

Auteur distingué d'une brochure publiée à Berlin, qui eut l'avantage d'instruire la Prusse de nos plans, de nos forces et de nos faiblesses ; intitulée : « Guide du Prussien à Paris. » Petite publication fructueuse pour l'auteur, qui se retire avec orgueil dans cette obscurité d'où il n'aurait jamais dû sortir ; son nom sera inscrit dans un Panthéon particulier, avec certains grands hommes de même trempe ; Judas en tête, comme leur maître à tous. Signe particulier (mœurs bizarres) l'honnêteté nous empêche d'être plus clair.

GLAIS-BIZOIN et CRÉMIEUX (les deux Ajax) 1871

———

Deux bons vieux, très-laids, sur l'extrême limite de l'enfance, n'avaient qu'une joie : manger dans la vaisselle de l'empereur, se promener dans ses voitures; n'avaient qu'une horreur : le bouillant Gambetta, qui leur faisait une peur atroce, acte II de la belle Hélène, les deux Ajax et le bouillant Achille. Leur manie est de paraître terrible, bons bourgeois aimant tout...... ce qu'ils peuvent encore aimer; n'ont qu'un désir : paraître méchants, et ils ne le sont pas, oh! mais pas du tout.

Crémieux est juif, signe particulier, s'enrichit vite, fait des dons patriotiques à six pour cent d'intérêt et garde pour les naïfs la réputation d'un honnête homme.

Glais-Bizoin est Breton, entêté, dévot; pose au libre penseur, chose étrange, est, dit-on, le seul qui n'ait rien pris étant au pouvoir.

JULES FAVRE (Méphisto) 1870

Avec tous les vices, prétend à toutes les vertus, s'indigne qu'un souverain effeuille des marguerites, et fait des faux pour reconnaître les enfants adultérins qu'il a eu de sa belle-sœur et maîtresse. Tonne contre la corruption, et trompe sa maîtresse avec des drôlesses, va à la messe et ne croit pas en Dieu; ment à la nation, à l'ennemi, à tout, à Dieu et aux hommes, ou plutôt non, il ne ment pas, il jure de ne pas livrer un pouce de terre, ou un cailloux, il a tenu parole, il donne l'Alsace, la Lorraine, Paris; quoi encore? Mais il pleure dans les bras de Bismarck et il croit que ses larmes de crocodile laveront les souillures de son âme, plus laide que sa figure. D'une éloquence rare, jamais il n'a atteint l'accent de la vérité, le mensonge et le fiel découlent malgré son talent de ses lèvres de satyre.

Lâche comme tous les traîtres, il n'ose pas implorer ouvertement son ami Bismarck pour désarmer son cher peuple de Paris, et il n'ose pas donner à ce même cher peuple, qu'il lançait le 4 septembre contre les Tuileries, toutes les satisfactions qu'il promettait à ses complices, plus braves, plus bêtes et moins coupables que lui. S'est servi du code pour éviter la cour d'assise, de son talent pour attaquer indifféremment la veuve ou l'orphelin, pour servir son ambition, ses instincts, ses vices, et surtout pour traiter avantageusement pour lui-même, désastreusement pour la France, avec son confident Bismarck; qui séchait ses larmes en lui disant à quel point il le considérait comme un auxiliaire précieux pour tous les services que Jules Favre a rendu à la Prusse depuis l'année passée.

GAMBETTA (le bouillant Achille)

———

Copie de Mirabeau, le talent, les désordres, les dettes, les folies, les ambitions ; en plus la jeunesse, en moins la santé, haïssable, dangereux, fou, tout ce qu'on voudra, au demeurant le *seul homme* qui ait surgi de toute cette tourbe humaine. A trop joué au bouillant Achille, a trop aimé les *lauriers*; a crié, calomnié, menacé, improvisé, créé, perdu des armées, mais en somme plein d'énergie, d'imprévu, de patriotisme, de verve, de blague; mais une vraie personnalité a au fond du cœur un peu d'indulgence pour ce Génois de talent; a trop d'esprit pour rester un farouche républicain, et si sa funeste manie des *combats à outrance* ne le fait pas mourir ou devenir fou, tandis qu'il est encore jeune, deviendra peut-être avec le temps, la raison et d'autres opinions, un vrai homme politique. Allons, *petit Léon*, soignez-vous bien, et on oubliera vos fautes; vous avez de la chance, les vieux qui vous remplacent font tant de sottises, qu'ils parviendront à faire oublier vos fautes; ils se sont bien donné du mal pour y arriver, mais leurs gâchis est bien réussi, et rien n'est plus laid que les insanités séniles.

THIERS (Mirabeau-Mouche)

———

irabeau-mouche — n'aimait rien jadis ; aime tout aujourd'hui : son Dieu, son roi, la république, la France, la révolution, sa belle-mère, Mme Liadières, Mlle Dosne, *mademoiselle* son épouse, les évêques, les députés, les bons Prussiens, tout, tout, tout, excepté 1° les insurgés dont il a une peur bleue ; 2° les Parisiens, auxquels il a infligé la jolie promenade des Prussiens, et les rires indifférents des cours d'Europe tout étonnées de voir ce petit vieux quêter des secours pour sa patrie ; 3° les Bonapartistes auxquels il ne pardonnera jamais les torts qu'il a envers eux, et la façon dont il les a joués ; aussi, pour se sauver, il les désigne comme des traîtres à la vengeance du peuple ; « messieurs, ne me faites pas de mal, allez donc tuer mon voisin, cela vous fera passer *le temps* et me donnera *le temps* de filer. » Eh bien, vous verrez qu'il a beau être faux, habile et lâche, tout cela ne lui servira à rien, et le peuple saura bien reconnaître qui sont les véritables traîtres.

C'est l'incarnation du diable, plein d'esprit, de verve, de talent, ayant un don pour détruire, ne pouvant rien créer ; on admire, et cependant dans toutes ses œuvres, livres, écrits, discours, quelque parfaits qu'ils soient, il manque une petite lueur, rien n'est éclairé ; savez-vous ce qu'il lui manque ? Peu de chose : *une âme ;* il n'en a pas, *réellement,* et c'est un grand bonheur pour lui, ça l'empêchera de *retourner* en enfer, car c'est de là qu'il vient ; type remarquable de la petite race féline, enfant vieilli, cruel et lâche, haïssant le calme comme d'autres la tempête, tribun sans passion, orateur sans conviction, citoyen sans patriotisme, belliqueux sans courage, ministre sans grandeur, ennemi redoutable, ami funeste ; c'est la plus effrayante incarnation de l'humanité, lorsque Dieu lui refuse l'âme, l'amour et la foi.

ALISON (Marquise de Galliffet) 1869

La marquise Alison est belle, sa blonde chevelure est digne d'une comète, ses traits sont irréprochables, elle a la blancheur et les pieds du cygne. Point coquette, on la dit même vertueuse, on dit tant de choses! Paresseuse, elle ne prendra pas la peine d'aimer; ses enfants sont autant d'accidents désagréables; elle parle le français de Cambronne avec cette différence qu'elle aimerait mieux se rendre que mourir; sait-elle lire? on en doute. Elle n'aime rien, pas même sa splendide personne, car le peu de soin qu'elle en prend, la justifierait du reproche d'égoïsme; d'une placidité sans égale, sa robe achèverait de glisser à ses pieds que la belle blonde ne ferait pas un mouvement pour la retenir, et cependant le négligé par trop grec ne lui va pas bien. Ennuyée et ennuyeuse, elle ne sait être ni polie, ni insolente, c'est une créature négative, sans vices, sans vertus, n'ayant ni cœur, ni sens, ni esprit ; c'est une belle fleur sans parfum.

FOURICHON (dit le lâcheur) 1871

Amiral lâchant sa flotte, impérialiste lâchant l'empire, jadis honnête et assez intelligent; actuellement le vrai type de l'amiral de la vie parisienne; n'est plus rien qu'un homme ridicule; amiral ne quittant pas une gigantesque paire d'éperons, général sans armée, ministre de la marine sans flotte, est tombé dans l'oubli, chance heureuse qui effacera ses ridicules et ses hontes. N'a eu qu'un instant honorable, quand il a refusé ne joindre sa signature à celle de Gambetta et consorts annonçant à la France que Bazaine, étant battu, ne pouvait être qu'un traître.

PICARD (Ernest)

Vu le républicain malgré lui, attaquait l'empire par amour de l'opposition, très-vexé le 4 septembre de voir son propre triomphe, moins hâbleur que les autres a mieux fait son devoir qu'eux tous.

LE PÈRE MARCHAL (Athéo)

———

Aumônier sous l'empire, payé par le dit, et se ser-
vant de son argent pour le calomnier et aspirer à
la république; comme prêtre, ne prend ni Dieu ni la
religion au sérieux.

MARÉCHAL LEBŒUF (Asinus)

———

Bon élève, mauvais professeur, rempli de bonnes intentions (comme l'Enfer), bon officier, exécrable ministre; instruit, consciencieux, inepte et vaniteux; tout étonné d'avoir fait tant de mal, ne s'en croyait pas capable; tout ahuri de ses malheurs, ne les comprend pas encore.

Mme de GASPARIN (Stella)

Écrit juste et voit faux, a toujours rêvé l'amour et n'a connu que le mariage ; la jeunesse est loin, l'imagination et le cœur restent, pourquoi donc se mêler *de politiquer* à tort et à travers ? Dans les nuages elle plane, sur la terre elle barbotte.

IRÈNE (l'impératrice Eugénie) 1865

Vous étiez jolie entre toutes, Irène; en naissant, votre front était fait pour la couronne, souhaitons qu'elle soit toujours de fleurs, et jamais d'épines; quelle qu'elle soit, vous la porterez bien. Reine par la beauté, vous êtes sœur de charité par le cœur, à l'heure de la souffrance, le malade vous voit à son chevet, le pauvre trouve son soutien. A l'heure du danger, on retrouvera en vous le sang de Palafox. Vous avez tous les charmes, même le caprice, et ceux qui vous aiment, vous aimez à les faire souffrir. Trop franche, vous cherchez le dévouement et vous ne trouvez que la flatterie; vos injustices plaisent malgré tout, vous avez trop d'esprit pour n'être pas un peu frivole et un peu romanesque; en somme, vos grandeurs, votre vie, *tout*, est le résultat non d'un raisonnement, mais d'un entraînement, vous êtes donc logique de repousser souvent l'un et de céder à l'autre de ces sentiments ; restez Irène, ce que vous êtes, vos qualités sont des vertus, vos défauts des charmes.

Ave Impératrice.

SPHINX III (1865)

En voyageant bien loin, j'ai rencontré un royaume dont le peuple, brave comme César, fait fort mal la guerre, et la réussissait toujours par hasard; spirituel comme Méphistophelès, il n'aime que les bêtises, incrédule comme Voltaire, croit toujours l'absurde; égalitaire comme un triangle, ne rêve que titres et décorations: Aristocrate et turbulent, ne rêve que liberté, passe son temps à chasser les rois qui lui donnent la liberté pour avoir ceux qui lui donnent la fortune et la gloire; à chasser ceux qui lui donnent les guerres, les périls et les conquêtes, pour ravoir ceux qui lui donnaient la liberté; il rêve la république quand il a la royauté, pleure la royauté dès qu'il a la république; ce peuple bizarre est gouverné par un monarque plus bizarre encore; ce prince a été, est et sera un être incompris et incompréhensible ; son nom, impossible à porter, était le seul qui convint à l'orgueil du pays et à ses instincts démocratiques, et le roi n'a pas fléchi sous ce lourd fardeau. Pour les uns, c'est un petit homme, mélancolique et maladif ; pour les autres, c'est un type dominateur et fascinateur. Bon, humain, dévoué et franc, on a dit de lui : « Il ne parle jamais et trompe toujours. » Le mot est joli, faux et a l'air vrai, le roi est fidèle à sa parole, les événements le font mentir. Pour les uns, c'est un parjure, pour les autres, un sauveur ; impassiblement brave, il lui manque la blague qui fait mousser des courages bien moindres que le sien. Les uns disent qu'il a le regard terne et glacé, du viveur blasé et cruel ; les autres, qu'il a le regard du charmeur qui fascine les serpents les plus rebelles. Sous le calme et la douceur de la forme, on sent une volonté de fer, tenace jusqu'à l'entêtement, une bonté paternelle jointe à un profond mépris de l'humanité, un grand dédain de l'opinion publique et une imagination d'étudiant allemand. Sphinx III restera toujours un problème, et nul ne saura deviner l'énigme ni lire dans sa pensée.

L'Empereur Napoléon III.

MAC-MAHON 1870, Juillet

Le cœur d'un chrétien, le courage d'un héros, la tête d'une linotte. Se perdra, nous perdra et sera porté aux nues.

Le duc HORTENSIUS (Morny) 1859

Né comme un dieu indien d'une sirène et d'un mortel, il fut confié a une fée qui lui donna : l'esprit, l'habileté, le talent, la grâce, la distinction, le don de charmer, etc., et n'oublia qu'un don : la connaissance exacte du bien et du mal. Pendant sa jeunesse il lutta seul contre les difficultés de la vie, il sut les vaincre, il est dans la vie réelle l'échelle que Jacob ne vit qu'en rêve, seulement pour le patriarche les échelons étaient des anges, pour lui ce furent des femmes ; mais en montant il sut ne pas laisser derrière lui des ombres irritées et vengeresses, mais des souvenirs mêlés de sourires et de larmes ; comment ne pas regretter celui dont la devise promet la discrétion qui rassure et le souvenir qui console : *tace et memento*. Sa physionomie exprime la fermeté et la grâce ; on croirait à des préoccupations mondaines, mais le front large et découvert montre les sillons creusés par la pensée, et son sourire n'est souvent qu'une ironie contenue. Sa facilité pour tout et la souplesse de son caractère lui ont appris à faire la part du feu; il ne permet pas au plaisir d'empiéter sur le travail, ni au travail de faire oublier le plaisir. Charitable sans philanthropie, il laisse, suivant certaines traditions, sa main droite ignorer ce que fait sa main gauche. Il met une certaine coquetterie à dissimuler l'homme d'Etat sous une nonchalante élégance, et ses amis mêmes ne peuvent lire sur son front la trace des soucis, voisins du trône. Supérieur aux postes qu'il occupa, il leur communiqua sa valeur, en ne la leur empruntant jamais; ce n'est pas un ministre ordinaire, c'est un alter ego, sa place est là où se trouve un écueil à éviter, un obstacle à renverser, une résistance à briser, un souvenir à rassurer. S'il est bien loin d'être parfait, il est au moins invulnérable tant par sa supériorité réelle, que par sa profonde indifférence. Il a éclipsé tous ses prédécesseurs, et dans l'avenir nul ne pourra le remplacer ni le faire oublier.

Marcello, la duchesse PHIDIAS (duchesse C.....a) 1868

Vous portez noblement, madame, un bien beau nom ; lorsqu'il est prononcé, tout un passé se déroule à nos yeux : amours, drames, vengeances, guerres de Guelfes et de Gibelins; on rêve à vos aïeules donnant de galants rendez-vous sous le ciel italien, en empoisonnant leur amant un soir où elles étaient jalouses.

Lorsqu'on vous annonce dans un salon, on s'attend à voir entrer une de ces fières beautés aux cheveux noirs, aux yeux étincelants, pâles de cette pâleur des races ardentes; mais pas du tout : entre une belle Suissesse, duchesse ou laitière, on ne devinerait pas. Marcello, vous êtes mieux que vos ancêtres, vous êtes une grande artiste, seulement il ne vous suffit pas d'être sculpteur, vous voulez être statue, mais vous ignorez la science du corset et l'art du corsage, et bien des charmes, trop libéralement exposés, errent à l'aventure. Mais la duchesse est aussi vertueuse qu'intelligente, vous causerez avec elle, et agréablement, de politique, finances, socialisme, religion, vous la verrez le matin à l'église, le jour à la chambre, le soir au bal, elle vous quêtera pour l'œuvre à la mode, ou ira admirer et *envier* les Diane de Poitiers et les Pauline Borghèse avec le même entrain. Mais vous devez admirer et aimer cette belle veuve, douée de tant de talents et de charmes et aussi pure que les neiges de sa voisine la Yung-Frau.

Le vicomte de THURINGE (Montalembert) 1864

C'est enfin une vraie gloire pour l'Académie, de posséder dans son sein cet âpre gentilhomme qui dédaigna tous ses adversaires. Auteur plein de talent, il écrivit avec un grand charme et une piété naïve l'histoire d'une grande sainte, afin d'apprendre au monde qu'il était parent d'une sainte et d'une reine. Interprète éloquent, de doctrines excellentes, il n'a jamais converti personne, entraînant orateur il oubliait le lendemain les opinions de la veille. Ayant le don d'être souverainement impopulaire, il se croit de bonne foi un libéral; oubliant qu'il a beaucoup contribué à faire l'empire, il se croit légitimiste. Sincèrement pieux, il a, malgré lui, la dent venimeuse et le coup de fouet sanglant.

Profondément érudit, il vit dans un anachronisme perpétuel, son siècle ne le comprend plus et il aura bientôt besoin d'un commentateur ; c'est le chantre des choses en train de périr. Il réunit la piété à l'honneur, la distinction et la foi à la largeur des idées, et malgré tout cela, le monde lui redit toujours :

« Seigneur, que de vertus vous me faites haïr. »

VEUILLOT (Viperinus)

———

Un diable converti, qui de temps en temps cherche à s'échapper de son bénitier.

———

MOUNA BELCOLOR (Baronne de P....y) 1864

Savez-vous, madame, qu'on vous a surnommée :
« l'éloquence de la chair? » et serez-vous fâchée de
ce surnom? je ne le crois pas.

Vous êtes fort belle encore, mais vous n'avez qu'une
note : vos yeux ne regardent pas, ils se pâment, vos ma-
gnifiques épaules s'affaissent sous le poids de souvenirs
fort doux, votre personne appelle les désirs, vous aimez
les caresses, et la résistance vous est inconnue. Vous
êtes trop tendre pour être bonne, trop câline pour être
méchante, vous aimez à faire plaisir, vous détestez
refuser. En vous voyant marcher, bien des gens disent
comme de Lucrèce : « Voilà une belle nuit qui passe. »
Tâchez que votre troisième mari s'appelle Hercule.

Peu vous importe la calomnie, et vous avez raison, vous restez belle et impassible au milieu de toutes les fêtes ; dans ces temps mesquins, votre beauté trop opulente rappelle les prêtresses de Vénus, votre splendeur monumentale effraie un peu nos petits crevés. Au reste, madame, votre modeste admirateur vous dira que jamais vous ne futes plus belle qu'un certain soir de bal masqué, où vous portiez sur un diadème d'or cette devise qui vous va si bien :

Sol lucet omnibus.

SPAVENTATO (Le prince Napoléon) 1868

———

Jeune encore, de race haute et fière, doué d'une fougueuse éloquence, ce serait plutôt un tribun populaire qu'un prince; un de ses familiers le dépeint ainsi : « Le voilà, ce sardanapale déclassé, jeté dans le moule des empereurs d'Orient et passant sa vie dans une agitation sans but; fier de son nom sans l'avouer; dévoré du regret de toucher la couronne sans la porter, aristocrate par goût, républicain par taquinerie. Affamé de gloire, la fatalité lui fait toujours quitter un poste dès qu'il devient dangereux; brutal sans bravoure, intelligent sans logique, viveur et blasé, libertin sans imagination, il a cependant un esprit et un charme hors ligne. Sans convictions et sans logique, il a associé à cette vie de libre penseur, de bohème princier, la plus pure, la plus sainte et la plus fière des jeunes princesses. »

Marguerite BELLANGER (1871)

———

A payé messieurs les républicains pour parler d'elle,
et au moment où les années allaient diminuer
ses ressources pécuniaires, lui faire un regain de mode
en s'occupant d'elle et de ses sottes histoires, lucra-
tives pour elle peut-être, dénuées d'intérêt pour le pu-
blic, ridicule pour les héros.

Jules SIMON (1870)

Serait peut-être convaincu, s'il ne lisait pas ses ouvrages; serait honnête, s'il écoutait son imagination et non pas ses intérêts; serait un parfait chrétien, s'il croyait en Dieu; serait un bon républicain, s'il croyait à la république; immaculé, s'il n'était marqué au n° 606.

LILIUM (Monseigneur le comte de Chambord) 1868

Type respectable, terne et éteint; le dernier représentant d'une noble race, dont il a gardé toutes les qualités et pas un défaut; hélas, c'étaient leurs défauts qui rendaient ses ancêtres si brillants et si aimables. Beau, d'une beauté qui n'a rien de viril, bon, pieux, plus intelligent qu'on ne le croit, moins qu'on ne le dit, ferme en paroles, docile en réalité; faible et entêté, excellent mari, roi détestable; n'a jamais plu aux femmes, signe certain qu'il ne sera jamais populaire. Je tâcherai, comme peintre, d'expliquer ma pensée sur son compte : c'est le dernier portrait d'une splendide galerie, mais ce n'est plus qu'un pastel effacé par le temps.

SERVA (Mad. la baronne B.....) 1865

———

Le corps de Vénus, la tête de Socrate. Gracieuse, amuse les hommes, parce qu'elle les laisse parler, est aimée des femmes, parce qu'elles ne la redoutent pas. Une vraie dame d'honneur, occupe une place et n'occupe personne.

HÉRISSON (M. Buffet) 1870

———

Un paquet de chiffres entremêlés d'épines, désagréable à débrouiller ; capable, honnête, cœur droit
et esprit faux ; vit pour le bien, ne fait que du mal.

PORTE-MONNAIE (Comte de Chambrun) 1868

Capable jadis! a eu le sort des personnages des contes de fées; a tout sacrifié à l'amour de l'or, et l'or se venge; tout ce qu'il touche devient or et lui meurt d'ennui, d'ambition rentrée, sans enfants, sans emplois, sans notoriété et sans ami.

LA-TOUR-DU-MOULIN 1869

On lui a jeté un sort à sa naissance, il parle, parle
et parle toujours; c'est un vrai moulin à paroles;
n'a jamais eu le temps de penser.

Monseigneur MIGNON (Bauër)

———

L'esprit d'un Oriental, le tact d'un Juif, le bon sens d'un Français; mais du talent, de la verve, de la conviction, du feu, tout ce qu'il faut pour enthousiasmer *ou déplaire*. Aimait jadis les saintes pour en faire des pécheresses, aime aujourd'hui les pécheresses pour en faire des saintes.

ATLAS (Rouher) 1869

———

Hercule auvergnat, se croit invulnérable, se figure qu'il porterait le monde sur ses vastes épaules, et écraserait l'opposition sous son talon; tombera peut-être sous une piqûre d'épingle comme un hercule en baudruche.

Sa grâce la comtesse ANNUNZIATA (comtesse Walewska)

———

La comtesse est née dans cette charmante ville de Florence, dont le nom seul évoque tout un panorama riant; des montagnes lilas, un ciel bleu, des collines couvertes de vignes, d'oliviers et de roses; des palais superbes, de gracieuses bouquetières fleurissant l'étranger, aux lieux mêmes ou Médicis et Strozzi se poignardaient naguères. Elle a apporté en France, avec ce charme particulier à son pays, la finesse et l'habileté des anciennes Florentines, et elle n'eût pas déparé l'escadron volant de sa compatriote Catherine de Médicis. Femme d'esprit, elle a su faire accepter toutes les situations dans lesquelles elle s'est trouvée; jamais embarrassée, elle n'a jamais cherché à briser un obstacle, mais avec une douceur et une persévérance inouïes, elle a dénoué toutes les chaînes, et démoli en

se jouant les barrières qu'elle rencontrait sur son che-
min. Sans beauté réelle, elle était plus jolie que bien
des belles; elle a la grâce : « plus belle encore que la
beauté; » et plus encore ce don qui se voit, s'éprouve
et ne s'analyse pas : le charme. (1868.)

DEUX-ÉTOILES (Mélanie, comtesse de P.....s)

Vous êtes l'idéal et la perfection du joli ; une Vénus du XVIIIᵉ siècle, parfaite en tous points ; mais que vous devez souffrir de cet affreux nom qui dépare votre poétique personne. Vos succès ne vous ont ni endormie, ni éblouie, vous êtes gracieuse et facile. Née Française, étrangère par nos malheurs, vos beaux yeux étaient dignes d'être la cause de cette terrible lutte qui vient de désoler vos deux patries, et cependant ces beaux yeux se sont fatigués à veiller bien des blessés, à consoler bien des douleurs. Jadis vous enterriez votre incomparable beauté sous des costumes d'un gout bizarre et douteux, que la simplicité vous sied mieux ! et après avoir été l'étoile de beauté de Paris, vous serez le type accompli de la perfection féminine et l'adoration de tous les pays que vous traverserez. Etes-vous aussi bonne qu'on le croit, aussi spirituelle qu'on le dit, qui pourra le dire? En vous voyant, hélas, on ne vous écoute plus, on vous regarde parler.

MÉLUSINE (Mme B.....ni)

ous êtes, madame, un être étrange, sphinx sculptu-
ral ; vous êtes trop grande, trop forte ; et vous avez
des mouvements de couleuvre; vous êtes brutale et féline, vos yeux ont le reflet métallique d'une lame
d'acier. Vous vous savez belle, et vous aimez à montrer
libéralement vos épaules, de marbre comme votre cœur.
Cela vous amuse d'exciter les désirs, mais vous ne les
ressentez jamais. On vous dit bonne, mais sans ten-
dresse, charitable, sans compassion, spirituelle, mais
sans que nul soit à l'aise avec votre esprit, plus étin-
celant que sympathique. Vous êtes paresseuse et em-
portée, gaie avec froideur, vertueuse par mépris des
autres, coquette par nature. Vous traversez la vie
avec un sourire hautain et ironique, contente de vous
même, sans pitié, sans indulgence et sans amour; vous

avez une âme d'acier dans un corps de fer, vous êtes belle, mais il vous manque le plus grand charme de la femme, la faiblesse. Votre seul amour c'est la domination, indifférente, vous exigez les hommages comme un juste tribut, vous êtes de la trempe des duchesses de Longueville ou de Chevreuse, et vous ne passerez pas ignorée sur la terre; en serez-vous plus heureuse? Vous êtes un ensemble qui étonne, qui effraie et qui séduit, mais la nature s'est trompée en mettant dans une enveloppe créée pour l'amour et les voluptés, une déesse faite de la neige de vos glaciers; qui n'inspirera jamais, et ne pourra jamais ressentir le véritable amour. Aussi, madame, vous étiez bien faite pour être une des étoiles de notre pauvre Paris, vous brillez sans attirer, semblable à ces beaux astres sans rayonnement qui éclairent les zones glaciales; au reste votre part est assez belle pour vous contenter, peu vous aiment, mais tous vous estiment et vous admirent! (1869.)

MYRTIL (Mme R...er) 1869

Vous avez été bien jolie jadis, malgré votre teint d'ambre et votre taille dont nous ne parlerons pas. Vous êtes le petit satellite d'un gros astre; *lui* est arrivé, *vous* êtes parvenue; vous étiez un ravissant fruit sauvage, comme le myrtil de vos montagnes, âpre, noire et mignonne comme lui, mais dans ces salons dorés où vous trônez au milieu des fleurs de serre de l'aristocratie, des camélias et des lilas, vous semblez déclassée. Vous avez gardé les vertus et les ridicules de la provinciale; la fidélité et la jalousie de la petite bourgeoise; c'est dommage, on rit de vous, et vous valez mieux que cela, et si l'amour du pouvoir ne vous avait pas aveuglée jadis, vous eussiez pu diriger votre considérable époux dans une voie plus élevée, plus digne et plus utile que celle qu'il a suivie.

LES TROIS SŒURS

L'aînée a l'esprit en partage, et dirige Pouyer-Quertier.—La seconde a eu la beauté et le charme. — La troisième qui porte un nom de bataille, a la rage de se compromettre pour faire croire qu'elle est jolie. — Devinez les noms?

Monseigneur DUPANLOUP

Ses vertus ont tellement fermenté, à force de ne jamais se montrer, qu'elles se sont aigries et l'ont grisé pour toujours.

LE DÉVOUEMENT POLITIQUE

Souvent une ambition qui espère, ou une ambition qui regrette.

NOS PARTIS

Un légitimiste, un anachronisme orgueilleux — un bonapartiste, un républicain arrivé — un orléaniste, un pharisien qui ne croit qu'à sa propre infaillibilité — un républicain, un monsieur sans place — un socialiste, un monsieur qui voudrait partager le bien du prochain, et garder tout pour lui.

Daniel STERN (Mad. d'Agant)

Un auteur qui, à force d'aimer les hommes, en a pris l'esprit, les vices et le talent.

HÉLIOTROPE (M. Caro)

Ainsi que la fleur nommée héliotrope se tourne toujours vers le soleil .... (Diafoirus), ainsi son homonyme se tourne vers les soleils levants, oubliant vite les astres éclipsés auxquels il devait une partie de son éclat. Philosophe chrétien, il était vaniteux comme un athée; écrivant avec un talent digne d'un caractère plus élevé son admirable livre: « l'idée de Dieu », il n'a jamais pensé à profiter de cette *idée*, pour s'empêcher de tomber dans ces mille aventures galantes, où le ridicule le disputait à la légèreté. Impérialiste jusqu'à la phrase Testelin, il n'a jamais pardonné à l'empereur de lui avoir préféré l'imbécile Frossard; et de fait il eût mieux valu un précepteur, amoureux peut-être des

femmes de la cour presqu'autant que de lui-même;
à l'orgueilleux pédant, qui sut peut-être apprendre le
latin à son élève, mais ne fut qu'un général d'anti-
chambre, et ne sut ni être brave, ni être fidèle.

L'HOMME DE SEDAN (W.)

Le glorieux général, étranger de nom et d'origine, grâce à Dieu, celui-là n'est pas Français qui, payé par Bismarck, poussé par une ambition insensée, arracha à un plus habile que lui un commandement grâce auquel son rival eût pu être victorieux sans en mourir, et après avoir eu l'infamie de lui enlever l'honneur de sauver l'armée, eut la honte d'amener la capitulation, la lâcheté d'en rejeter l'odieux sur un autre, et ment impudemment aujourd'hui en disant qu'il ne voulait pas capituler; le véritable homme de Sedan, c'est celui-là; son nom sera synonyme de Judas, Trochu est dépassé, et le mépris de ses maîtres les Prussiens sera égal à l'exécration de la France; ces notes sont trop légèrement écrites pour les souiller du nom d'un traître, mais la vengeance publique se chargera de le nommer.

L'OPINION PUBLIQUE

Une courtisane à laquelle tout le monde cherche à plaire, et que personne n'estime.

UN COURTISAN

Est un homme qui tient le pot de chambre du souverain tant qu'il est sur le trône, et le lui renverse sur la tête quand le roi est détrôné.

LA COUR

—

La réunion de toutes les ambitions, de tous les talents, de tous les vices et de toutes les intelligences ; un peu de fumier sur lequel éclosent souvent de belles fleurs : les dévouements.

—

MINUSCULE (M. Pinard)

―――

Un tout petit homme et un grand caractère, beaucoup de talent et pas mal de ridicules. Un joli coq anglais qui se croit un oiseau de proie ; bonapartiste, dévot, galant et illogique. Ses qualités lui appartiennent en propre ; ses défauts de ce qu'il est trop petit et craint de passer inaperçu.

―――

MON LIVRE

Fera rire les gens d'esprit, agacera les imbéciles.

Genève. — Impr. Vérésoff & Garrigues.